Color of Happiness

HAKURI PRESENTS

4

Color of Happiness

INHALT

KAPITEL 19

WENN ICH DIR MEHR VON MIR ERZÄHLE, ERKENNST DU NUR, DASS ICH NICHT DER JUNGE WAR...

... WIE DU IHN GERNE GEHABT HÄTTEST!

WILLST DU MIR TROTZDEM ZUHÖREN?

...

JA!

ECHT?

DU BIST
WIRKLICH
SELTSAM.

VOR EINIGEN MONATEN...

... UM 7:20 UHR MORGENS ...

... IN TOKIO.

AH!
HA!
HA!

ICH KRIEG KAUM LUFT.

UAH, IST DAS WENIG!

TJA, SO IST DAS EBEN ALS TAGELÖHNER.

GELD VERDIENEN... WAS SOLL DAS ÜBERHAUPT?

RASCHEL

... WIE SEINEN EIGENEN SOHN AUFGEZOGEN, MICH MAL GELOBT, MAL AUSGESCHIMPFT.

JEMAND HAT MICH...

ICH WAR FRÜHER ... ZIEMLICH AUFMÜPFIG.

... ZIEMLICH INS ZEUG GELEGT. UND IRGENDWANN KONNTE ICH ENDLICH EIN NORMALES LEBEN FÜHREN.

FÜR DEN HABE ICH MICH IN VIELERLEI HINSICHT...

... UND SEIN TOD MIR ALLES NAHM, WAS ICH HATTE.

BIS ZU JENEM TAG VOR EINIGEN JAHREN, ALS DIE ABENDSON- NE SO SCHÖN WAR...

ICH HATTE ALLES VERLOREN.

ES GAB NIEMANDEN MEHR, DEN ICH TREFFEN WOLLTE.

ES GAB NICHTS MEHR, WAS ICH HABEN WOLLTE.

ICH HATTE KEINEN ORT MEHR, ZU DEM ES MICH ZOG.

STATT SINNLOS HERUMZU- GRÜBELN ...

MIR BLIEB NUR NOCH MEIN NACKTES SELBST.

BEANT-WORTE MEINE FRAGE!

KICK

... WEDER, DASS ICH IHR HELFEN MÜSSTE...

... NOCH HATTE ICH MITLEID MIT IHR.

Blumenbeet

Betrete
Verbot

SIE HAT NICHT DAS GERINGSTE INTERESSE AN DEN LEUTEN UM SICH HERUM.

Color of Happiness

... PRAKTISCH GENAU DEINER LEBENSSITUATION!

MEIN ZUSTAND ENTSPRICHT ...

DU TUST NUR SO, ALS OB DU ES NICHT MERKEN WÜRDEST, STIMMT'S?

DU WEISST DOCH, WARUM DU IN DER SACKGASSE STECKST.

WENN DU STERBEN WILLST...

... WARUM LEBST DU DANN IMMER NOCH?

IN WIRKLICHKEIT...

... ALS ICH
DIESES FOTO
AUFNAHM.

...

WUPP

HAH

DAS MACH
ICH IMMER,
WENN ICH
IRGENDWAS
NICHT MAG...

Wird
gedruckt.

FHUP

DIE ABEND-SONNE IST JA OKAY.

ABER VON EINER, DIE ICH GAR NICHT KENNE, EIN FOTO AUFZU-HÄNGEN, IST SCHON EIN BISSCHEN BEDENKLICH.

IRGENDWANN KANN ICH DAS BILD NICHT MEHR SEHEN...

∞ UND DANN VERGESSE ICH VIELLEICHT AUCH MEINEN ZORN.

WAS ICH WIRKLICH HASSE...

...IST NICHT DIE ABENDSONNE ODER DAS MÄDCHEN.

ES STIMMT: ICH HABE KEINEN MUT ZUM STERBEN.

HAH...

DER, DEN ICH WIRKLICH HASSE...

AH...

ICH HAB GANZ VERGESSEN, DIE SUPPE ZU ESSEN.

... BIN ICH SELBST – ICH GROSSMAUL, DAS NICHT EINMAL ZUM STERBEN IN DER LAGE IST!

DANACH VERGING EINIGE ZEIT.

... HATTE SICH FEST IN MEINER SEELE VERANKERT ...

DAS GEFÜHL, VON DEM ICH DACHTE, DASS ICH ES VERGESSEN WÜRDE...

... UND BALD WAR MEINE WAND VOLL MIT FOTOS VON IHR.

ES HAT SICH ZU EINER OBSESSION AUSGEWEITET!

VON WEGEN „VERGESSEN"... IM GEGENTEIL!

UND ICH DACHTE, ICH WÜRDE SIE IRGENDWANN NICHT MEHR SEHEN KÖNNEN...

JETZT BIN ICH EIN REGELRECHTER STALKER!

SIE HAT DEN GLEICHEN...

... TEILNAHMSLOSEN BLICK WIE IMMER.

ICH HAB NICHT NACH IHR GESUCHT, ABER...

KLICK

Color of Happiness

KAPITEL 21

MORGENS UM SIEBEN GEHT SIE ZUR SCHULE...

SIE FÜHRT EIN GEREGELTES ALLTAGSLEBEN.

... ABENDS UM SECHS KOMMT SIE NACH HAUSE.

SO AUCH HEUTE WIEDER...

EINE ZIEMLICH RUHIGE WOHNGEGEND.

NEULICH HAB ICH HIER...

... ZWEI ERWACHSENE GESEHEN, DIE VIELLEICHT IHRE ELTERN WAREN.

IHR ANBLICK LIESS AUF EIN HARMONISCHES FAMILIENLEBEN SCHLIESSEN.

SIE SAHEN AUS WIE EIN GANZ NORMALES, GLÜCKLICHES EHEPAAR.

... OHNE DASS IRGENDJEMAND IN DER NACHBARSCHAFT MERKT, WAS DIE TOCHTER IN WIRKLICHKEIT ERTRAGEN MUSS.

IN EINER SOLCHEN FAMILIE...

... KANN ES AUCH MAL LAUTEN STREIT GEBEN...

RÜTTEL

...

SIE HAT MEHR BLAUE FLECKEN ALS GESTERN.

OB SIE INZWISCHEN JEMAND REINGELASSEN HAT?

SEUFZ

HM... DAS SOLLTE MICH NICHT KÜMMERN.

...

TAP

* „Geh sterben!"
** „Hau ab, aber schnell!"
*** „Du bist eklig!"

TAP

...

SIE LIESS
ALL IHRE
SACHEN
FALLEN UND
GING WEG.

ZUM
ERSTEN
MAL SAH
ICH...

... DASS
SIE ETWAS
AUS
EIGENEM
WILLEN
TAT.

FLAPP

... GING SIE AUS EIGENEM WILLEN LOS.

WIE EINE MARIONETTE, DEREN SCHNÜRE MAN GEKAPPT HATTE...

NUN GALT...

... MEIN INTERESSE NICHT MEHR MEINEM EIGENEN TOD...

... SONDERN DIESEM MÄDCHEN.

SIE SUMMT VOR SICH HIN...

♪

HM?

HE, DU!

BIST DU VON ZU HAUSE AUSGE-RISSEN?

WAS MACHST DU SO SPÄT NOCH AUF DER STRASSE?

FLAPP /

NEIN, NEIN!

ÄHM...
ICH MUSS
MEINE LETZTE
BAHN KRIEGEN.
DARF ICH
WEITERGEHEN?

ICH
HABE BALD
PRÜFUNGEN,
DA MUSS
ICH HART
LERNEN!

DER UN-
TERRICHT
IN DER
NACHHIL-
FESCHULE
HAT HEUTE
LÄNGER
GEDAU-
ERT.

JA!

ACH
SO.

JA,
DANN SEI
VORSICHTIG
AUF DEM
HEIMWEG!

ICH AUCH NICHT!

DIE LEUTE WAREN ZWAR MIT MIR VERWANDT...

... ABER DAS WAREN NICHT MEINE ELTERN.

DESWEGEN HAB ICH ALLES WEGGEWORFEN.

ICH HASSTE SIE, WEIL ICH MICH SELBST IN IHR SAH.

ABER ICH HATTE MICH IN IHR GETÄUSCHT.

UND DANN WILL ICH MICH UMBRINGEN!

とん...

POCK

SIE IST VON SICH AUS IHRER HÖLLE ENTFLOHEN.

SIE HAT SICH ENTSCHLOSSEN, IHREM LEBEN EIN ENDE ZU MACHEN.

SIE IST DAS GENAUE GEGENTEIL VON MIR.

... BEKAM ICH FAST ATEMNOT.

IN DEM MOMENT, ALS ICH DAS ERKANNTE...

DENN SIE WAR EIN...

... VIEL TOLLERER MENSCH ALS ICH.

ICH WÜRDE SIE AM LIEBSTEN IRGENDWIE AUFHALTEN...

WENN SIE NUR WIEDER SO WERDEN WÜRDE, DASS ICH SIE HASSEN KANN...

... DAMIT SIE ZU IHRER FRÜHEREN TEILNAHMS-LOSIGKEIT ZURÜCK-KEHRT.

... DANN MÜSSTE ICH MICH NICHT MEHR SELBST HASSEN!

ICH WILL MEINE ABSCHEU GEGEN MEIN EIGENES LEBEN AUF SIE PROJIZIEREN.

NA JA, ERST MAL SEHEN, OB SIE WIRKLICH IN DER LAGE IST, SICH ZU TÖTEN...

... ODER OB DAS NICHT NUR DIE LAUNE EINER UNREIFEN SCHÜLERIN WAR.

VIELLEICHT ÜBERLEGT SIE ES SICH ANDERS UND GEHT NACH HAUSE ZURÜCK.

Color of Happiness
of

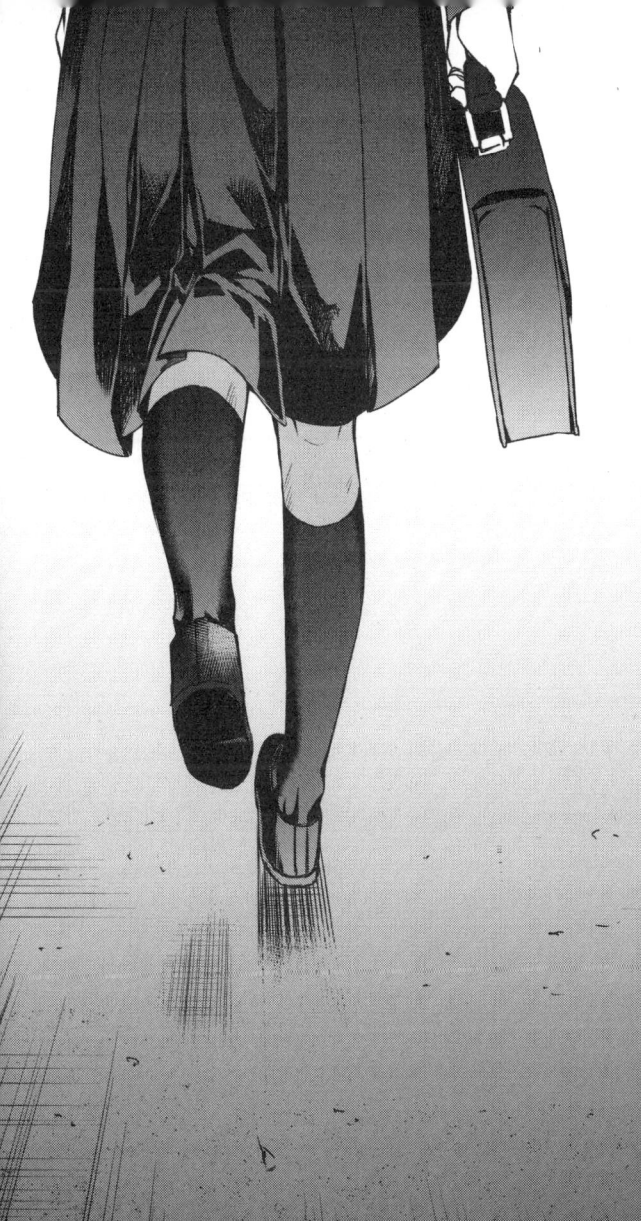

KAPITEL 22

VOR EIN PAAR TAGEN IST SIE AUF TOUR GEGANGEN.

?

ACH SO, WIEDER EINE ÜBERWACHUNGSKAMERA...

DIE HAT ECHT EIN AUGE DAFÜR!

NA JA, „TOUR" IST ZU VIEL GESAGT... SIE WAR NUR IN EINEM BELEBTEN STADTVIERTEL IN DER NÄHE.

SIE SCHAUTE SICH IN DEN STRASSEN UM...

... ALS OB SIE ZUM ERSTEN MAL DIE WIRKLICHE WELT SEHEN WÜRDE.

FHUP

KANN ICH IHNEN WEITER-HELFEN?

SIE TAT TATSÄCHLICH GENAU DAS...

... WAS GANZ NORMALE MENSCHEN TUN.

UMDREH

NEIN, ICH SCHAUE MICH NUR UM.

VIELLEICHT WOLLTE SIE MAL DAS „GANZ NORMALE LEBEN" GENIESSEN;

WAHRSCHEINLICH HAT SIE...

... IN IHREM GANZEN LEBEN NOCH NIE...

... EINEN SPAZIERGANG ODER STADTBUMMEL GEMACHT.

9

ABER...

... ICH HATTE AUCH DEN EINDRUCK, DASS IHRE BISHERIGE ALLTÄGLICHE TEILNAHMSLOSIGKEIT SIE EINHOLTE.

茶 茶

む に DRÜCK

UND IN DER STADT WIRD DIESE KLEINE ABWEICHUNG ZU EINEM GROSSEN UNTERSCHIED.

VOM NORMALEN ALLTAGSDENKEN DER MEISTEN MENSCHEN IST SIE EIN STÜCK WEIT ENTFERNT.

DIESE FÜR SIE NEUE WELT ZU BETRACHTEN ...

DAS MERKT SIE SICHER AUCH SELBST.

... SCHIEN IHR KEINEN GROSSEN SPASS ZU MACHEN.

News

Mädchen vermisst

● Mehr erfahren

Die 14-jährige Schülerin XX ist auf dem Weg von der Schule nach Hause verschollen und wurde als vermisst...

EINE NACH-RICHTEN-MELDUNG...

Neue Meldung

1 Nachricht

WENN MAN ÜBER MEHRE-RE TAGE VERMISST WIRD, WIRD ÜBER EINEN IN DEN NACH-RICHTEN BERICHTET.

DANN IST **SIE DAS** WOHL!

BEZIRK YY...

AUF DEM HEIMWEG?

SIE WOLLTE ZWAR NACH HAUSE, ABER SIE KAM JA NICHT REIN!

?

»MITTEL-SCHÜLERIN XX (14)...

... IST AUF DEM HEIMWEG VERSCHWUN-DEN«...

Bezirk YY: Mädch... Mittelschülerin... dem Heimweg

„SCHON ZEHN UHR..."

„UM 20 UHR WAR SIE IMMER NOCH NICHT ZU HAUSE."

„KURZ NACH 21 UHR GINGEN IHRE ELTERN AUF DIE SUCHE NACH IHRER TOCHTER, ABER IHRE SUCHE BLIEB VERGEBLICH."

Da die Befürchtung bestand, sie könne Opfer eines Verbrechens geworden sein, wurde sie bei der Polizei als vermisst gemeldet. Wegen des Verdachts auf Entführung wird nun polizeilich nach ihr gesucht.

„DA DIE BEFÜRCHTUNG BESTAND, SIE KÖNNE OPFER EINES VERBRECHENS GEWORDEN SEIN, WURDE SIE BEI DER POLIZEI ALS VERMISST GEMELDET."

„WEGEN DES VERDACHTS AUF ENT-FÜHRUNG..."

„... WIRD NUN POLIZEILICH NACH IHR GESUCHT."

„ENTFÜHRUNG"?

DER ARTIKEL BESCHREIBT DIE SACHE ANDERS, ALS ICH SIE BEOBACHTET HABE.

MAN BERICHTET SOGAR ÜBER DIE UMSTÄNDE IHRES VERSCHWINDENS.

... UND IST ANDERS ALS DU IN DER LAGE, IHREN EIGENEN TOD ZU BESCHLIESSEN.

... SIE NIMMT ALLES TEIL-NAHMSLOS HIN...

EGAL, WIE SCHLIMM SIE BE-HANDELT WIRD...

SO WIE SIE WIRST DU NIE SEIN!

... IST WIE AN JENEM TAG...

...

DIE ABEND-SONNE...

STILLE

WAPP

TAP

...
ICH KONNTE WEDER SPAZIEREN GEHEN NOCH EINKAUFEN NOCH SONST WAS.
ES IST SCHWIERIG, DAS ZU TUN, WAS MAN WILL, NICHT WAHR?
ODER BESSER GESAGT...
... ES HAT NICHT SO VIEL SPASS GEMACHT, WIE ICH ES MIR ERHOFFT HATTE!
FSHHH

WAS ANDEREN NORMALERWEISE SPASS MACHT, HAT MIR KEINEN SPASS GEMACHT!

ICH BIN VIELLEICHT NICHT NORMAL, DESWEGEN HABE ICH...

... NICHTS, WAS FÜR ANDERE NORMAL IST, HINBEKOMMEN.

NEULICH HAB ICH GESAGT, DASS ICH ALLES TU, WAS ICH WILL, UND MICH DANACH UMBRINGE.

ICH BIN SELBST SCHULD.

ABER DAS KORRIGIERE ICH.

...

HEY!

DU WILLST DOCH NICHT, DASS SIE STIRBT?

DIE STIRBT GLEICH! WILLST DU EINFACH ZUSEHEN?

ABER NUR, WEIL ICH EINGREIFE...

... GIBT SIE NOCH LANGE NICHT IHREN TODES-WUNSCH AUF.

NATÜRLICH NICHT!

DAS IST MIR EBEN KLARGEWORDEN, ALS SIE MIT DER KATZE SPRACH.

ICH WÜRDE SIE ZU GERNE DAVON ABHALTEN.

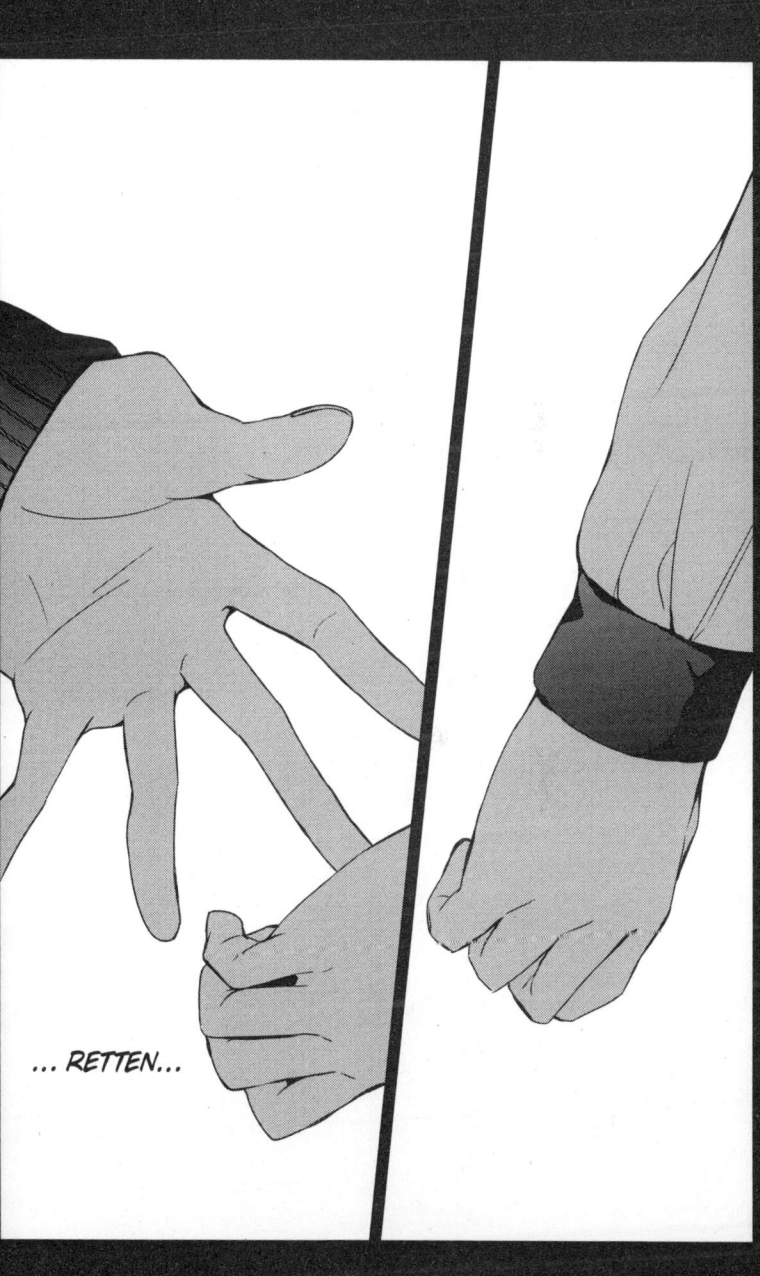

... RETTEN...

Color
of
Happiness

KAPITEL 23

HMPF!

O MANN...
JETZT HAT
SIE DICH
DOCH ANGE-
SPROCHEN!

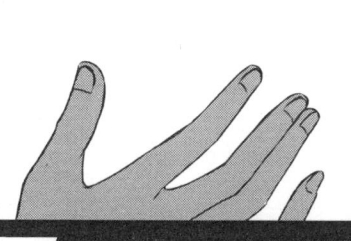

WWTT

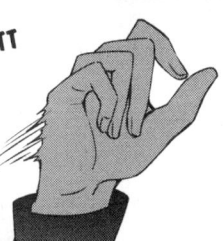

WAS
SOLL
DAS?

ICH BIN DEIN STALKER.

ICH BEICHTE IHR JETZT ALLES.

ICH GLAUBE, ICH WEISS UNGEFÄHR, WAS BEI DIR ZU HAUSE UND IN DER SCHULE ABGEHT.

... UND HEIMLICH FOTOS VON DIR GEMACHT.

ICH HAB DICH LANGE BESCHATTET ...

DESWE-GEN...

Mädchen vermisst

● Mehr erfahren

Die 14-jährige Schülerin X auf dem Schul... der verschon... e als ...

INDEM ICH IHR WAHRES UND WGELOGENES ERZÄHLE...

ICH KENNE IHRE ANTWORT JETZT SCHON.

DAS WIRD SIE AUF KEINEN FALL AKZEPTIEREN.

NUN KANN ICH...

... NICHT MEHR MICH SELBST IN IHR SEHEN.

... IST IHR SELBSTMORD MISSGLÜCKT!

DANN KANN SIE ALSO NICHT STERBEN...

UND DAS...

... SONDERN LEBT AUFS GERATEWOHL MIT IHREM ENTFÜHRER ZUSAMMEN.

... PASST MIR SEHR IN DEN KRAM!

SMILE

KLASSE!

ICH FREU MICH SO!

WENN DU EINVERSTANDEN BIST...

... KOMM MIT ZU MIR NACH HAUSE, DA LÄSST SICH'S LEICHTER REDEN.

HÖR MAL...

DU, JUNGE...

IHRE MIENE VERRÄT, DASS SIE NICHT VERSTEHT, WELCHEN VORTEIL MIR DIE ENTFÜHRUNG BRINGT.

SIE IST WOHL DOCH NORMALER, ALS ICH DACHTE.

SIEH AN, AUCH SO EIN GESICHT KANN SIE ALSO MACHEN!

ICH SAGE ZWAR UNGERN, WAS ICH GAR NICHT DENKE, ABER...

DANN...

... KANN SIE VIELLEICHT AUCH EINFACH DAMIT AUFHÖREN, IHR LEBEN WEGWERFEN ZU WOLLEN.

DAS WAR
MEINE ERSTE
GROSSE LÜGE.

JETZT SAGE ICH DIR, WAS ICH WIRKLICH DENKE.

ICH HABE DICH NICHT AUS LIEBE ENTFÜHRT.

DESWEGEN IST DIESE HOCHZEITSFEIER SINNLOS!

Color of
Happiness

KAPITEL 24

ES WAR ALLES GELOGEN.

DAS HOTEL HIER KANNTE ICH EIGENTLICH AUCH SCHON.

ICH BIN NICHT DER JUNGE...

... DEN DU DIR WÜNSCHST!

... KANN ICH DICH VOM SELBSTMORD ABHALTEN.

ICH DACHTE NUR: WENN ICH DICH ENTFÜHRE...

NUR WEIL ICH GESAGT HABE, DASS ICH IN DICH VERLIEBT BIN...

NA JA...

ABER DANN HAST DU DIESES „SPIEL" VORGE-SCHLAGEN...

„DANN STERBEN WIR GEMEINSAM!"

... UND GESAGT, DASS DU MIT MIR STERBEN WILLST, WENN WIR NICHT FLIEHEN KÖNNEN.

... VIELLEICHT GAR NICHT BEACHTEN...

... UND DEIN LEBEN SOWIESO WEGWERFEN WIRST.

DA HABE ICH ENDLICH BEGRIFFEN, DASS DU...

... JEDEN KÜNFTIGEN RETTUNGS-VERSUCH...

DESWEGEN HAB ICH VERZWEIFELT VERSUCHT, WEITERHIN EIN „NORMALES, GLÜCKLICHES LEBEN"...

... ZU SIMULIEREN, DAMIT DU NICHT STERBEN MUSST.

DAS KONNTE ICH NICHT VERSTEHEN...

... UND NUR SCHWER DIE RICHTIGEN WORTE FINDEN, DICH DAVON ABZUHALTEN.

UND DANN WOLLTEST DU STERBEN...

... WEIL DU GLÜCKLICH WARST.

DICH NICHT STERBEN ZU LASSEN, WAR ZU MEINEM LEBENSZIEL GEWORDEN.

ABER ALS ICH SAGTE: „ICH HAB DOCH JETZT NIEMANDEN AUSSER DIR!", WAR DAS NICHT GELOGEN.

ALS ICH SAH, DASS DU MIT EINEM SO VERRÜCKTEN LEBEN ZUFRIEDEN BIST, FÜHLTE ICH MICH NICHT MEHR SO MINDER-WERTIG.

SO HABE ICH MICH AN DIR FESTGEHALTEN.

UND ZU MEINEM VORHERIGEN LEBEN WILL ICH NICHT ZURÜCK.

JETZT, WO ES MIR GELUNGEN IST, DICH AUF MEIN LEVEL HERUN-TERZUZIEHEN...

... IST DIESES LEBEN FÜR MICH ZU EINEM „GLÜCK" GEWORDEN.

AHA.

VER- STEHE.

DANN **VERSCHIEBEN** WIR DIE HOCHZEITSFEIER.

NA JA, WAS DU EBEN GESAGT HAST...

WILLST DU MICH IMMER NOCH HEIRATEN?

ズッ

TAP

BLICK

... BEDEUTET DOCH, DASS DU DIR...

... EIN LEBEN OHNE MICH NICHT VORSTELLEN KANNST, ODER?

ICH HÄTTE EINE FRAGE.

ABER EGAL ...

ICH BIN ES GEWOHNT, VON LEUTEN ENTTÄUSCHT ZU WERDEN.

DESWEGEN WAR ICH ERLEICHTERT, DIE WAHRHEIT VON DIR ZU HÖREN.

WAS?

„EGAL", SAGT SIE...

134

WARUM HAST DU MIR DEN NAMEN „SACHI" GEGEBEN?

DU HÄTTEST DER ALTEN FRAU GEGENÜBER AUCH NICHT SAGEN MÜSSEN, DASS DU DEM MÄDCHEN GLÜCK WÜNSCHST.

DER IST MIR EINFACH NUR SPONTAN EINGEFALLEN.

GNN

AUSSER-DEM...

ABER SONST HÄTTEN WIR UNS DOCH VERDÄCHTIG GEMACHT, ODER?

... HAST DU MICH AUCH VOR DEM LEHRER GERETTET!

IST DAS NICHT SELTSAM?

WENN DU DA...

... GESTORBEN WÄRST...

... ICH KÖNNE, WENN ICH WOLLE, JEDERZEIT FLIEHEN?

BIS JETZT HAST DU DOCH IMMER GESAGT...

ICH DACHTE ...

... DU RETTEST MICH UND MACHST MICH GLÜCKLICH...

... NUR WEIL ICH GERADE DA BIN.

DESWEGEN HAB ICH NICHT ERWARTET, DASS DU MIR FOLGST, WENN ICH WEGGEHE.

WARUM HAST DU SO EIN RISIKO AUF DICH GENOMMEN, UM MICH ZU RETTEN?

WAS FÜR EINEN SINN HATTE DAS?

ICH BIN JA...

... AUS EIGENEM WILLEN WEGGE-GANGEN.

WAS FÜR EINEN SINN DAS HATTE?

...

... SACHI IST IN GEFAHR.

ICH HATTE ANGST, DASS IHR LEHRER SIE...

ICH DACHTE ...

OBWOHL... ...AS, WENN...

ODER ...

... WAR ES EIN FEHLER, SO ZU DENKEN?

WIE AUCH IMMER...

... WOLLTE ICH SIE RETTEN?

WARUM...

DIE ZEIT OHNE SACHI...

...WAR HART FÜR MICH!

ICH...

ES HAT KEINEN SINN, ICH DREHE MICH IM KREIS.

DESWEGEN WOLLTE ICH SIE SOFORT FINDEN UND ZURÜCKHOLEN.

ABER NUR DES-WEGEN...

HEY!

KANN ES SEIN...

... DASS DU SELBST NICHT WEISST, WARUM?

DODOM

HM

MEIN LEBEN MIT DIR...

... HAT MICH VERÄNDERT!

と、
PTOM

FLAPP

ZUMINDEST HABE ICH JETZT EIN INTERESSE AN DEINEN WAHREN GEFÜHLEN!

... DAS WAR FRÜHER UNDENK-BAR FÜR MICH!

ZU LACHEN UND ZU WEINEN UND AUCH MAL WÜTEND ZU SEIN...

AUCH WENN ES KEIN ECHTES GLÜCK IST...

DANN...

OKAY, ICH WEISS JETZT, DASS DU NICHT IN MICH VERLIEBT BIST!

DAS HAT MICH EIN WENIG ÜBERRASCHT, WEIL ICH DACHTE, DASS ES DAS WAR, WAS DICH ANTRIEB.

ZERR

... BENUTZ MICH DOCH AUCH WEITERHIN!

FÜR DEIN „GLÜCK"...!

ICH BENUTZE DICH JA AUCH SCHON DIE GANZE ZEIT!

IST ES NICHT ZU FRÜH, JETZT SCHON ALLES ZU BEENDEN?

WIR KÖNNEN ES JETZT NOCH NICHT BEENDEN...

ABER IRGENDWO...

... HAT ER AUCH DEN KERN GETROFFEN.

... HAT ER IMMER NUR DUMMES ZEUG GEREDET.

DAMALS...

... UND AUCH DAMALS...

DESWEGEN HABE ICH MUT GEFASST!

ICH WOLLTE AN MICH SELBST GLAUBEN!

ICH BAT DARUM, BIS ZU MEINEM TOD MIT IHM ZUSAMMEN SEIN ZU KÖNNEN.

...

SEUFZ

JA.

SCHLIESSLICH BIN ICH DURCH DICH ZU „SACHI" GEWORDEN!

DU KANNST NATÜRLICH DENKEN, WAS DU WILLST ...

... ABER WÄHLST DU WIRKLICH DIESES LEBEN, NACH DEM, WAS ICH GESAGT HABE?

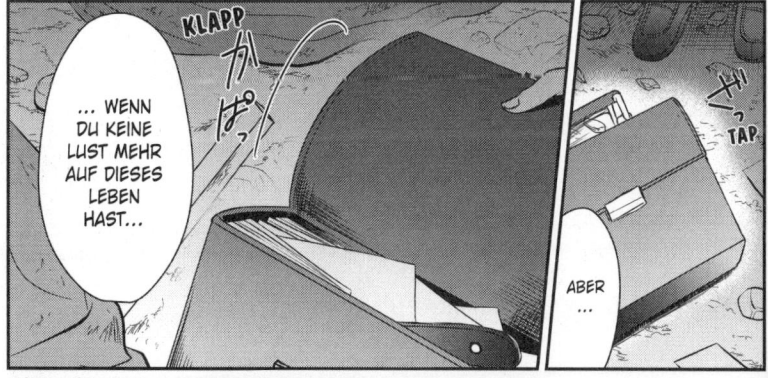

KLAPP

... WENN DU KEINE LUST MEHR AUF DIESES LEBEN HAST...

TAP

ABER ...

... HEISST DAS JA WOHL „GAME OVER".

WOLLEN WIR ALSO JETZT ZUSAMMEN STERBEN?

Color of Happiness

KAPITEL 25

DIESES LEBEN WEITER-FÜHREN?

WAS WILLST ...

... DU MACHEN?

...

AHA.

ANSCHEINEND NICHT.

DAS HEISST ALSO „GAME OVER"!

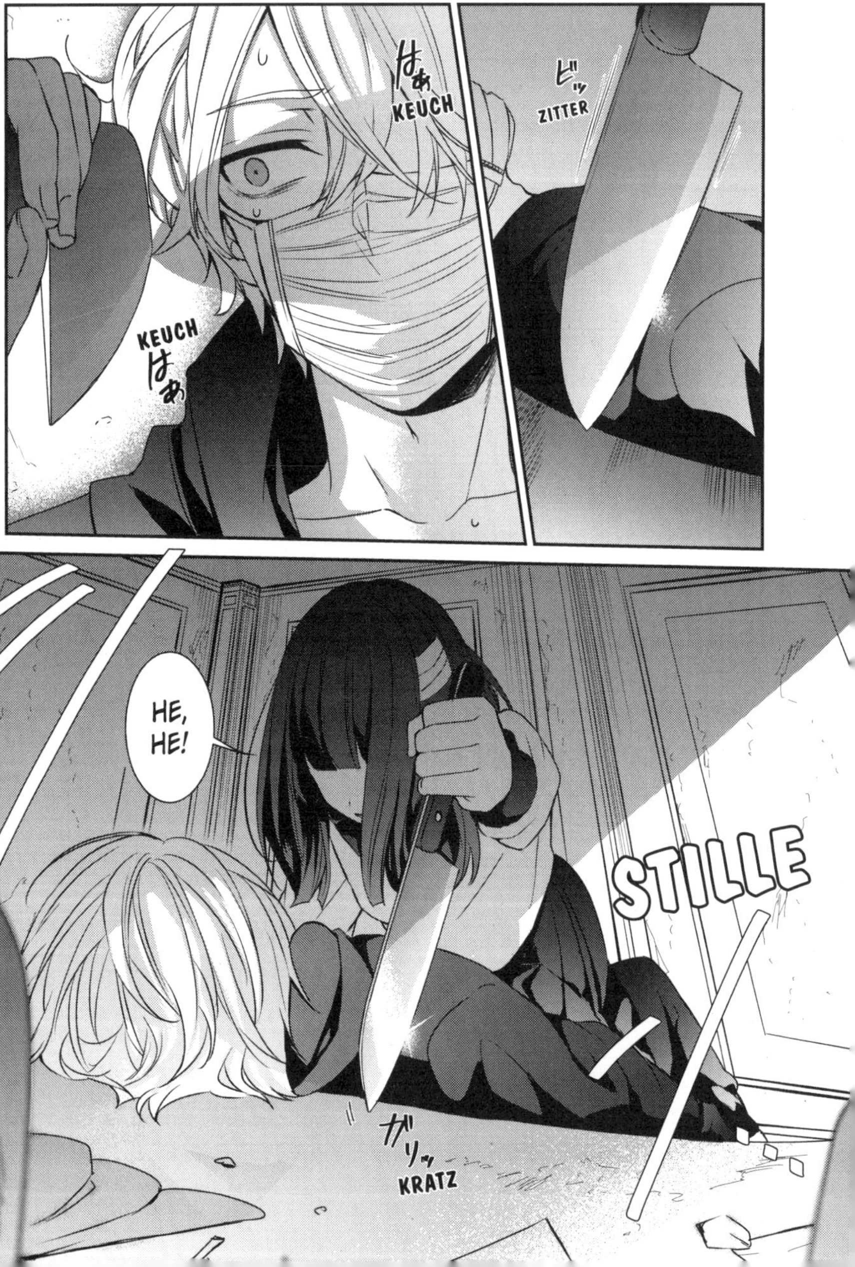
ビッ
ZITTER
はぁ
KEUCH
KEUCH
はぁ
HE, HE!
STILLE
ガリッ
KRATZ

PRUST

HA, HA, HA, HA!

BIST DU ERSCHRO-CKEN?

DU SCHWITZT JA TOTAL, JUNGE!

AH! HA! HA!

HAST DU WIRKLICH GEDACHT ...

... ICH WILL DICH UMBRINGEN?

DU HAST EBEN...

... „ICH WILL NICHT STERBEN" GEDACHT, STIMMT'S?

LÄSST
...

... DU MICH MAL VORBEI!?

WAPP

WAPP

MACHT ES DIR SPASS, MICH ZU VERARSCHEN?

...

ICH HABE EINE GUTE IDEE!

ICH VERARSCHE DICH NICHT!

...

MEIN VORSCHLAG WÜRDE MIR EIN GLÜCKLICHES LEBEN VERSCHAFFEN...

... UND AUCH DIR VORTEILE BRINGEN!

WENN DU WIRKLICH MAL ZU STERBEN BEREIT BIST...

... DANN TU ICH DIR DEN GEFALLEN, DICH UMZU-BRINGEN!

NA?

DA HÄTTEN WIR DOCH BEIDE WAS DAVON, ODER?

...

JA, DAS IST JA AUCH DAS ERSTE MAL!

BIST DU SCHOCKIERT, DASS ICH DICH UM ETWAS BITTE?

WARUM GEHST DU SO WEIT, ZU...

KRATZ

WEIL DU MIR GESAGT HAST, WAS DU WIRKLICH DENKST!

...

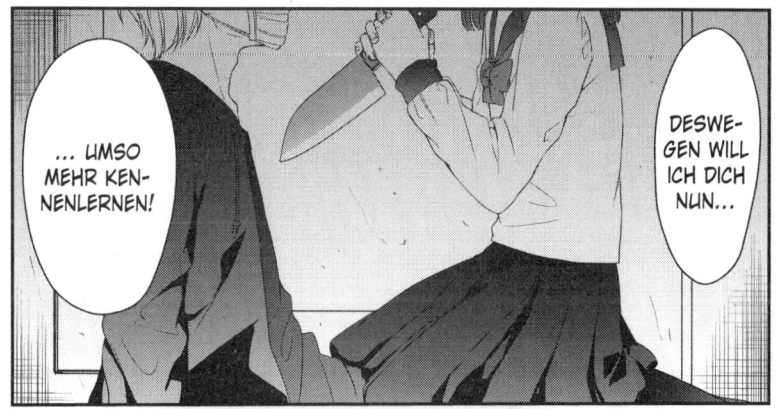

... UMSO MEHR KENNENLERNEN!

DESWEGEN WILL ICH DICH NUN...

DIE ANTWORT AUF DIE FRAGE, DIE DU VORHIN...

... NICHT BEANTWORTEN KONNTEST, INTERESSIERT DICH DOCH AUCH?

...

IN WIRKLICHKEIT...

HM?

GRABB
"LI

OKAY, OKAY,
DU HAST
GEWONNEN!

BIS DAHIN KÖNNEN WIR MEINETWEGEN SO WEITERMACHEN.

OB DAS NUN MORGEN PASSIERT ODER ÜBERMORGEN...

ABER WENN ICH EINE ANTWORT AUF DEINE FRAGE GEFUNDEN HABE, MACHE ICH SCHLUSS MIT DIESER ART ZU LEBEN.

PUH

WAS MEINST DU?

WAS IST DENN?

...

IGNORIER

STRAHL

DANKE, JUNGE!

WO BLEIBT DEIN PRINZENLÄCHELN?

WIESO BIST DU PLÖTZLICH SO ABWEISEND?

STÖHN

...

JETZT NOCH THEATER ZU SPIELEN IST DOCH SINNLOS.

WENN DU...

HEY, HEY!

WAS SOLL DAS AUF EINMAL? LASS DAS!

TIPP
TIPP

TIPP
TIPP

WAS SOLL DAS HEISSEN?

SMILE

?!

... MÜRRISCH BIST, WIRST DU...

... PLÖTZLICH ZUGÄNG- LICH!

PARADOX, ABER WAHR!

HÄ?!

HEY, JUNGE!

GEHEN WIR NACH HAUSE?

ICH BIN ECHT FROH, DASS DU SO EHRLICH ZU MIR WARST.

SCHLIESSLICH...

... HATTEST DU JA GESAGT...

... DASS WIR UNS UNTERSCHEIDEN, DU UND ICH.

UND ICH FAND DAS NICHT.

DU BIST WIE ICH...

... BEDAU-ERNSWERT EINSAM!

ABER DIESE ERKENNTNIS VERSCHWEIGE ICH DIR NOCH.

DENN...

... DAS EBEN WAR...

... DAS ERSTE MAL...

... DASS DU MIR DEINE EINZIGE SCHWÄCHE GEZEIGT HAST!

GEHEN WIR ZURÜCK IN DEINE BUDE IN DER FARBE DES GLÜCKS!

WAS HEISST DAS DENN JETZT WIEDER?

HIER FÜHLE ICH MICH EINFACH WOHL.

ALS OB ES MEIN RICHTIGES ZUHAUSE WÄRE!

チュン TSCHIRP

チュン TSCHIRP

... MIT EIN BISSCHEN GEWALT DAZU GEBRACHT, DIESES LEBEN MIT MIR FORTZUSETZEN.

ICH HAB DEN JUNGEN...

DAS WAR DAS ERSTE MAL...

DAVOR HATTE ICH SCHON PANIK, DASS ES VIELLEICHT WIRKLICH AUFHÖREN KÖNNTE.

... DASS ICH ANGST HATTE, ETWAS ZU VERLIEREN.

TAP

TAP

ER WOLLTE DOCH „NUR MAL KURZ WEG"!

ABER ER LÄSST GANZ SCHÖN AUF SICH WARTEN!

...?

WUPP

Color of Happiness

KAPITEL 26

IN TOKIO, BEZIRK YY...

... WURDE DER MITTELSCHUL-LEHRER SHIN KATAGIRI (26) WEGEN MUT-MASSLICHER...

... SEXU-ELLER BE-LÄSTIGUNG MEHRERER SCHÜLE-RINNEN VERHAFTET.

Mittelschullehrer in Tokio
Sexuelle Belästigung von Schülerinnen – Lehrer verhaftet

Fest-
nahme
Mittelsch

... SCHON IN DEN NACH-RICHTEN.

JETZT KOMMT DER FALL SHIN KATAGIRI...

DIE ÖFFENTLICHKEIT WIRD, WOHL AUCH AUS RÜCKSICHT, NUR **DARÜBER** INFORMIERT.

ES GAB ANSCHEINEND MEHRERE OPFER...

ABER ES WIRD NUR SEIN UNSITTLICHES VERHALTEN ERWÄHNT.

MAMPF

MAMPF

... WISSEN NUR DIE POLIZEI UND WIR.

DASS AUCH XX ZL KATAGIRIS OPFERN ZÄHLT...

... UND ER EIN WICHTIGER ZEUGE IM ENTFÜHRUNGS-FALL IST...

...

ABER ICH WAR ECHT ÜBER-RASCHT...

MENSCH, DU BIST DOCH KEIN KIND MEHR!

GRÜNE ERBSEN...

ISS DIE SELBER!

DASS DIE POLIZEI EINEN UM RAT BITTET...

SO WAS IST DOCH NICHT NORMAL...

WAS BIST DU EIGENTLICH FÜR EIN MENSCH?

... ALS PLÖTZLICH DIE POLIZEI ANRIEF...

... UND UNS UM MITHILFE IM ENTFÜHRUNGSFALL BAT.

STRAHL

STRAHL

ICH HAB MEINE FRAGE ERNST GEMEINT!

MEINE ANTWORT WAR AUCH ERNST GEMEINT!

ICH BIN EIN GENIE!

WENN ES DARUM GEHT, SCHWIERIGE FÄLLE ZU LÖSEN, BIN ICH EINE NICHT ZU UNTERSCHÄTZENDE KORYPHÄE!

ER WEICHT MIR AUS!

KARRANG

JEDEN-FALLS...

GRUMMEL

SEI EINFACH FROH, DASS WIR DURCH DIE POLIZEI EINBLICK IN DIE ERMITT-LUNGSAKTEN HABEN!

NA JA!...

ICH VERSCHO-NE DICH MIT DEN DETAILS.

180

... DASS ER DEM ENTFÜHRER UND XX „IN DIE FALLE GEGANGEN" SEI.

... SOLL KATAGIRI AUSGESAGT HABEN...

??

AUSSER KATAGIRIS AUSSAGE...

... GIBT ES NOCH ANDERE GRÜNDE, WARUM DIE ERMITTLUNGEN INS STOCKEN GERATEN SIND.

DAS WAR AUCH MEIN ERSTER GEDANKE, ALS ICH DAS HÖRTE.

DA KONNTE ICH NACHVOLLZIEHEN, DASS DIE POLIZEI NICHT MEHR WEITERWUSSTE.

ICH DACHTE, XX WÄRE VERSCHOLLEN?

MOMENT MAL!

WAS SOLL DAS HEISSEN?

?？

DAZU KOMMT: DER ANRUFER SAGTE, ER HABE DEN ENTFÜHRER GEFUNDEN.

ES GING ALSO NICHT UM SEXUELLE BELÄSTIGUNG.

WAS?!

MAMP

MAMPF

SEINE VERHAFTUNG KAM OFFENBAR DURCH EINEN ANRUF PER MOBILTELEFON ZUSTANDE.

DAS MIT DEM SPASSTÄTER KAM DOCH ERST SPÄTER RAUS!!

HÖR MIR WEITER ZU!

ER HAT „DEN ENTFÜHRER GEFUNDEN"?

WIESO STEHT DIE ENTFÜHRUNG PLÖTZLICH MIT DER BELÄSTIGUNG IN VERBINDUNG?

DIE POLIZEI HAT DEN BESITZER DES HANDYS ERMITTELT.

ER IST UMGEZOGEN?

SO PLÖTZLICH?

SEIN NAME ...

... IST MINORU KANDA.

NEIN...

DIE POLIZEI FAND HERAUS, DASS DIE WOHNUNG SCHON BEI VERTRAGSABSCHLUSS LEER STAND.

ABER BEI DER ZUM VERTRAGSABSCHLUSS ANGEGEBENEN ADRESSE WOHNT NIEMAND MEHR, DAHER KONNTE DIE IDENTITÄT DES ANRUFERS NICHT GEKLÄRT WERDEN.

... SONDERN NOCH ETWAS ANDERES IST UNKLAR.

ABER NICHT NUR DIE IDENTITÄT DES ANRUFERS...

UND ZWAR...

MA
...

MATSUB-
ASE?!

DRIP

DRIP

KLAPP

DAUZ

ES TUT
MIR SEHR
LEID, ICH BIN
GESTOLPERT...

SPLASH

BLUSH

UWAH!

ALLES IN
ORDNUNG
?!

AH...

FLAPP

NANU? WAS MACHT DENN MITTAGS SCHON EIN **MITTELSCHÜLER** HIER?!

IST DER UNTERRICHT AUSGEFALLEN?

WUSCHEL

DAS TUT MIR SO LEID, KLEINER! DAS WASSER WAR SICHER SEHR KALT!

FLAPP

HIER, EIN HANDTUCH!

ICH MUSS MICH FÜR UNSERE AUSHILFE ENTSCHULDIGEN!

... DASS ICH SIE „MITTEL-SCHÜLER" GENANNT HABE!!!

ES TUT MIR WIRKLICH SEHR LEID...

NEIN, NEIN, DAS MACHT NICHTS!

ER IST ES GEWOHNT, FÜR EIN KIND GEHALTEN ZU WERDEN!

DAFÜR MÜSSEN SIE HEUTE NICHTS ZAHLEN!

HEY?!

LASS UNS ...

... LIEBER SCHNELL ZUR DETEKTEI ZURÜCK, DA WARTET EINE MENGE ARBEIT.

ICH HAB GERADE EIN GLAS WASSER ÜBER DEN KOPF GEKRIEGT!

WA...

WIR WOLLTEN SOWIESO GERADE GEHEN.

JAMMER NICHT SO RUM, WENN DU EIN ERWACHSENER BIST, MATSUBASE-SAN!

IST DOCH SCHON TROCKEN, ODER?

カ"

GRABB

ÄH ...

SIE SIND DETEK-TIVE?!

ÄHM ...

ICH BITTE NOCH EINMAL UM ENTSCHULDIGUNG!!!

ICH WUSSTE NICHT, DASS SIE DETEKTIV SIND!!!

WUPP

WAS KÖNNEN WIR FÜR SIE TUN?

HIER IM UMKLEIDE-RAUM?

SCHON GUT, KEIN PROBLEM!

WUPP

ICH HÄTTE EINEN DRINGENDEN AUFTRAG FÜR SIE!

VERZEIHUNG, ICH HABE MICH NOCH NICHT VORGESTELLT. ICH HEISSE MIHO SATO.

ER HEISST AKIHIRO HIGASHI-YAMA!!

EIN SCHÖNER MANN, NICHT WAHR?

ICH MÖCHTE, DASS SIE DIESEN MANN SUCHEN!!

STRECK

ER HAT BIS VOR EINIGER ZEIT HIER BEI UNS GEJOBBT.

UWAH! DAS RIECHT NACH ARBEIT!

ICH MÖCHTE IHN UNBEDINGT NOCH EINMAL TREFFEN, UM MICH BEI IHM FÜR ETWAS ZU ENTSCHULDIGEN.

ICH KANN IHN ALSO NICHT KONTAKTIEREN.

... UND DIE ADRESSE AUS SEINEM LEBENSLAUF STIMMT OFFENBAR AUCH NICHT.

ER IST TELEFONISCH NICHT ERREICHBAR...

ER SAH SO COOL AUS BEI DER ARBEIT, DA MUSSTE ICH IHN EINFACH FOTOGRAFIEREN!

ICH HABE DAS FOTO LAMINIERT UND TRAGE ES IMMER BEI MIR!

TEL
XXX-0000
-△△△△

DAS IST DER ZETTEL MIT DER FALSCHEN NUMMER UND ADRESSE.

ICH HÄTTE DA GLEICH MAL EINE FRAGE.

IN WELCHER BEZIEHUNG STEHEN SIE DENN ZU DIESEM HERRN HIGASHIYAMA?

UWAH

DIE DATEI HABE ICH JA NOCH, SIE KÖNNEN DAS FOTO GERNE MITNEHMEN!

HNBAAAM

SIE IST EINE STALKERIN, OHNE ES SELBST ZU BEMERKEN!

DACHTE ICH MIR'S DOCH!

ER IST DER MANN MEINES LEBENS!

ABER ICH HABE ES IHM NOCH ♡ NICHT GESTANDEN.

ES IST MIR PEINLICH, ABER...

AH... WARTEN SIE BITTE! HÖREN SIE MICH AN!!

TAP

ENTSCHULDIGUNG, ABER STALKING UNTERSTÜTZEN WIR NICHT.

WIR BETEILIGEN UNS NICHT AN STRAFTATEN!

WUPP

GYAH

GYAH

GENAU, UND SO WAS NENNT MAN „STALKING"!!

PRESS

ICH BIN KEINE STALKERIN !!

ICH WILL NUR WISSEN, WO ER WOHNT!!

Detektei
Matsubase

HAH
...

ENDLICH WIEDER IN BÜRO.

O MANN
...

WEGEN SO EINER SIND WIR IN UNSEREM GESPRÄCH UNTERBROCHEN WORDEN!

ゴッ
TAP

ENTNERVT

JA, DIE WAR ZIEMLICH ENERGISCH!

ERST KRIEG ICH EIN GLAS WASSER AN DEN KOPF, UND JETZT HAB ICH NOCH EINE STALKERIN AM HALS!

ALSO, DIE ZWEITE UNGEKLÄRTE SACHE, DIE ICH VORHIN ANGE- SPROCHEN HABE...

ICH HABE MEINEN AUGEN NICHT GETRAUT, ABER...

RASCHEL

RASCHEL

ZURÜCK ZUM THEMA!

SIEH DIR DIESES FOTO AN!

DER AUFNAHME-ZEITPUNKT SOLL KURZ VOR SEINER VERHAFTUNG LIEGEN!

DAS FOTO SOLL AUF DER BESCHLAG-NAHMTEN SPEICHER-KARTE GEWESEN SEIN.

GENAU, ES IST XX!

HUCH?! DAS MÄDCHEN IST...

DOCH, VERMISST IST SIE DEFINITIV.

ABER...

WAS MACHT XX DA?!

ICH DACHTE, DIE WÄRE VERMISST?!

... SIE HAT TROTZDEM KATAGIRI GETROFFEN!

... MORGEN, ZUR ÜBLICHEN UHRZEIT!

... HAT ER OFFENBAR DIE „LÖSUNG" AUSGESPROCHEN, DIE NUR XX VERSTEHEN KONNTE.

HIER, AM ENDE DES ZWEITEN SPASSTÄTER-VIDEOS...

HÄ?

Eine Message von XX-chans Entführer ★

... UND SIE ZU ÜBERREDEN VERSUCHT, VON IHREM ENTFÜHRER ZU FLIEHEN...

... HABE ER ERFOLGREICH XX TREFFEN KÖNNEN...

LAUT KATAGIRIS AUSSAGE...

... UND LETZTERER SEI SPÄTER ZU DEM TREFFEN HINZUGESTOSSEN, HABE KOMPROMITTIERENDE AUFNAHMEN GEMACHT...

... UND SEI DANN MIT XX ZUSAMMEN WEGGEGANGEN.

... ABER SIE UND DER ENTFÜHRER SEIEN KOMPLIZEN...

WARTE MAL!

SO EINFACH KANN DOCH EINE VERSCHOLLENE NICHT WIEDER AUFTAUCHEN!

DAS IST ES, WAS KATAGIRI MIT „XX UND DEM ENTFÜHRER IN DIE FALLE GEGANGEN"...

... GEMEINT HABEN SOLL.

WAR DAS NICHT VIELLEICHT EINE LÜGE, UM VON SEINEN SEXUALSTRAFTATEN ABZULENKEN?

WOHER WUSSTE ER, DASS XX KOMMEN WÜRDE?

WARUM HAT ER SICH DESWEGEN NICHT MIT DER POLIZEI BERATEN?

ICH GLAUBE, DASS ER RECHT HAT!

BEILÄUFIG

WAS?!

DIESE FRAGEN SIND IHM WOHL UNANGENEHM.

ÜBER ALL DAS SCHWEIGT ER SICH AUS.

DAS GUTE...

...AN DER SACHE IST...

NA JA, UM KATAGIRI SOLL DIE POLIZEI SICH KÜMMERN.

WAHRSCHEINLICH HAT ER IN SEINER AUSSAGE...

...SPONTAN NUR DIE FÜR IHN VORTEILHAFTEN ANGABEN GEMACHT.

... DASS WIR NUN WISSEN, DASS XX LEBT...

... DASS ES WIRKLICH EINEN ENTFÜHRER GIBT.

... UND...

AUS DEM GESPRÄCH MIT DER MUTTER WAR DAS JA NOCH NICHT EINDEUTIG ZU SCHLIESSEN.

ABER JETZT HABEN WIR DIE BE-STÄTIGUNG!

AUSSERDEM ...

... LIEGT DIE VERMUTUNG NAHE, DASS DER NICHT IDENTIFIZIERTE ANRUFER „MINORU KANDA"...

... UND DER ENTFÜHRER ...

... EIN UND DIESELBE PERSON SIND.

UND SELBST WENN NICHT, STEHEN BEIDE MIT XX IN VERBINDUNG.

HM?

DA IST WAS IN MEINER TASCHE ...

RASCHEL

JEDEN-FALLS...

... SIND HIER DIE POLIZEILICHEN ERMITTLUNGEN AN IHRE GRENZEN GESTOSSEN.

SOLANGE SIE KANDA NICHT HABEN, BLEIBT DIE GANZE SACHE RÄTSELHAFT.

DOMM

DAS FOTO STECK ICH IN DEN SCHREDDER!

WIR HABEN JETZT WIRKLICH VIEL ANDERES ZU ERMITTELN ...

... UND KEINE ZEIT FÜR EINE BLÖDE STALKERIN!

DAS HAT MIR DAS WEIB WOHL UNBEMERKT IN DIE TASCHE GESTECKT!

HEHE!

FHUP

DIE STEHT WOHL AUF SOLCHE MÄNNER MIT SCHMALEN AUGEN.

KAPIER ICH NICHT!

DAS IST ALSO DER, DEM DAS KOMISCHE WEIB NACHSTELLT... DER ARME!

WAS?

...

DAS IST DIE GLEICHE!

... UND DIE NUMMER, DIE DIESEM „AKIHIRO HIGASHIYAMA" VON VORHIN GEHÖRT, STIMMEN ÜBEREIN!

DIE NUMMER, DIE DER ANRUFER LAUT ERMITTLUNGSAKTE BENUTZT HAT, UM DIE POLIZEI ZU INFORMIEREN...

TEL XXX-OOO-△△△△

ABER DER INFORMANT DER POLIZEI HIESS DOCH „MINORU KANDA"!

WIE BITTE ...?

DIE KELLNERIN SAGTE DOCH, SIE WISSE NICHT, WO HIGASHIYAMA SICH AUFHALTE, ODER?

AH !!

GEMEINSAMKEITEN ...?

ES GIBT GEMEINSAMKEITEN ZWISCHEN DEN BEIDEN!

GENAU... SIE SIND EIN UND DIESELBE PERSON!

UND BEIDE NAMEN SIND FALSCH!

STIMMT JA!

MINORU KANDA IST JA AUCH UNAUFFINDBAR!

WAHH

ANSCHEINEND WAR ES GANZ GUT, DASS DAS GLAS WASSER MICH GETROFFEN HAT!

SICH DIE NAMEN ZU MERKEN, HAT ALSO KEINEN SINN.

FLAPP

ER BENUTZT IMMER WIEDER NEUE, FALSCHE NAMEN WIE „KANDA" UND „HIGASHIYAMA"!

DA MAN IHM EH NICHT AUF DIE SPUR KOMMEN KANN, KONNTE ER AUCH GANZ FRECH DIE POLIZEI ANRUFEN!

JETZT SIND WIR SCHON WEITER ALS DIE POLIZEI!

GENAUER GESAGT, DIESER TYP MIT DER MASKE...

... IST ZWEIFELSFREI DER ENTFÜHRER!

BAMM

JA!

ZU DEM TREFFEN MIT KATAGIRI IST SIE SICHER NICHT MIT DEM BUS GEFAHREN, DA HÄTTE SIE ZU LEICHT GESEHEN UND ERKANNT WERDEN KÖNNEN.

SICHER WOHNT SIE JETZT NOCH IN DER NÄHE DER SCHULE.

DA BIN ICH GANZ SICHER!

ENGEN WIR UNSERE RECHERCHEN ALSO AUF SOLCHE APPARTEMENTS EIN.

... KÖNNTE ES SEIN, DASS ER EINE WOHNUNG GEMIETET HAT, DIE MAN LEICHT OHNE IDENTITÄTSNACHWEIS KRIEGT.

WENN DER ENTFÜHRER EIN TYP IST, DER ALLES UNTER FALSCHEM NAMEN MACHT...

KLICK

?

OKAY, MACH DICH BEREIT!

WAS HAST DU VOR?

KLICK KLICK

DANK DER KELLNERIN HABEN WIR JA EIN FOTO.

MAL SEHEN... ZWANZIG GEHMINUTEN UM DIE SCHULE HERUM...

SUCHE...

SMILE

DUMMKOPF! NA, WAS WOHL!

LEUTE BEFRAGEN!

DAS GESICHT HABE ICH NOCH NIE GESEHEN.

ENTSCHULDIGUNG, ICH BIN SEHR BESCHÄFTIGT!

KLACK

KENNE ICH NICHT.

WAS SOLLEN WIR DENN MACHEN?

SELBST WENN WIR DIE SUCHE EINGRENZEN, SIND ES WEIT ÜBER HUNDERT GEBÄUDE!

ÄH, MATSUBASE...

IST DIESE METHODE NICHT ZU ALTMODISCH UND UMSTÄNDLICH?

DAS DREISSIGSTE HAUS...

WIEDER NICHTS...

WAH?!

HM?

DIE SIND AUF DER GLEICHEN SCHULE WIE XX...

STIMMT!

DAS STIMMT SCHON, ABER...

WENN MAN VON JEMANDEM NUR DAS GESICHT KENNT, IST ES NICHT GERADE EINFACH, SEINE WOHNADRESSE HERAUSZUFINDEN.

DIE POLIZEI MACHT DAS AUCH NICHT ANDERS!

VON DEM MANN MIT DER MASKE HABEN WIR AUSSER SEINEM GESICHT KEINE GENAUEN INFORMATIONEN.

DIESE GASSE...

UND DANN HAT...

<3 WUPP

AH! HA! HA!

IST DAS VIELLEICHT EINE ABKÜRZUNG ZUM BAHNHOF?

Bahnhof

ENTSCHULDI-
GUNG! DÜRFEN
WIR SIE MAL
ETWAS
FRAGEN?

HM?

HM?

SMILE

KENNEN
SIE
VIELLEICHT
DIESEN
MANN?

!!

AH!
DENN
KENNE
ICH!

MIR GEHÖRTE BIS VOR KURZEM DER SÜSSWAREN-LADEN DA.

DA KAM DER JUNGE MANN MIT SEINEM KLEINEN BRUDER... VIELLEICHT IM MITTELSCHUL-ALTER.

DER KLEINE WAR EIN BISSCHEN KOMISCH.

ALS ICH IHM EIN PAAR BONBONS GESCHENKT HABE, HAT ER SICH RIESIG GEFREUT. DESWEGEN ERINNERE ICH MICH NOCH GUT AN DIE BEIDEN.

KLEI-NER BRU-DER ...?

Danke für Ihre lange Treue.

DIESER MIT-TELSCHÜLER... WAR DER NICHT VIELLEICHT EIN MÄDCHEN?

NEIN, ES WAR EIN JUNGE!

WEGEN DER MÜTZE UND DER BRILLE KONNTE ICH SEIN GESICHT NICHT SO GUT SEHEN, ABER...

??

HÖRT SICH NACH VERKLEI-DUNG AN!

SIE WAREN UNZER-TRENNLICHE BRÜDER!

UND SIE LÄCHELTEN SICH OFT AN!

SIE GINGEN HAND IN HAND!

VON DA DRÜBEN!

AUS WELCHER RICHTUNG KAMEN SIE DENN?

VIELEN DANK!

WIEDER WAS ER-FAHREN!

KONZEN-TRIEREN WIR UNS AUF DIESE RICHTUNG!

J-JA!

ABER WOZU?

DER ENTFÜHRER GING MIT XX NACH DRAUSSEN...

TAP

UND DANN AUCH NOCH IN EIN GESCHÄFT MIT IHR ZU GEHEN...

GAB ES EINEN GRUND, SO EIN RISIKO AUF SICH ZU NEHMEN?

„SIE GINGEN HAND IN HAND!"

„UND SIE LÄCHELTEN SICH OFT AN!"

... DESTO WENIGER WERDE ICH...

... AUS IHREM VERHALTEN SCHLAU.

XX KAM MIR SCHON BEI DER SACHE MIT KATAGIRI KOMISCH VOR...

... ABER JE MEHR ICH ÜBER SIE ERFAHRE...

UND...

SELBST WENN SIE DAZU GEZWUNGEN WURDE – SINN UND ZWECK DIESER AKTIONEN BLEIBEN RÄTSELHAFT.

... WAS HAT SICH DER ENTFÜHRER DABEI GEDACHT...

... ALS ER XX MIT SICH NAHM?

WAS HAT ER MIT IHR VOR?

...TSU-BASE...

MATSUBASE!!!

DAS WAR KNAPP!

VERDAMMT! ICH MERKE MIR SEINE NUMMER!!

LIWAH!

VRRROUM

VERHALTE DICH NICHT WIE EIN KIND!

VRRR

DIE DIVERSEN MOTORENGERÄUSCHE TRAGEN ALSO MIT DAZU BEI...

... DASS MAN NICHT AUFFÄLLT.

AB HIER FAHREN ALSO PLÖTZLICH AUCH AUTOS IN DIESER GASSE.

IN DIESER GEGEND WIRD ER...

... WAHR-SCHEINLICH WOHNEN.

HIER SIND DREI WOHNUNGEN UNBEWOHNT, BLEIBEN ALSO NUR FÜNF WOHNUNGEN, DIE INFRAGE KOMMEN.

OB WIR HIER WIRKLICH DEN TÄTER FINDEN...!

SO!

DAS IST DAS LETZTE HAUS AUF UNSERER LISTE.

IM OBERGESCHOSS ...

... IST EINE BEWOHNTE WOHNUNG VON ZWEI UNBEWOHNTEN UMGEBEN.

DA MUSS ES SEIN!

YASHIRO! WIR FANGEN OBEN AN.

... DADURCH, DASS HIER VIELE WOHNUNGEN LEER STEHEN, WIRD MAN HIER KAUM AKUSTISCH WAHRGENOM-MEN.

ES IST NICHT ZU RUHIG, ABER...

ER KONNTE UNBEMERKT ZUR SCHULE UND MIT IHR ZUM SÜSS-WARENLADEN GEHEN.

TAP

ICH BIN FAST SICHER, DASS ER HIER WOHNT.

WENN ICH MIT MEINER ANNAHME RICHTIG LIEGE...

... IN DER WOHNUNG NR. 203...
... WOHNT HINTER DIESER TÜR...
... DER ENTFÜHRER VON XX!

... ABER DU ENTWISCHST MIR AUF KEINEN FALL!

ICH WEISS ZWAR NICHT, WAS DU PLANST...

HEY, ENTFÜHRER!

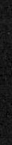

ICH WERDE XX RETTEN!

TOK

TOK

COLOR OF HAPPINESS 4 – ENDE

Color
of
Happiness

NACH DER ENTFÜHRUNG ZU HAUSE ANGEKOMMEN...

DIR STEHEN EIN PAAR HAARE AB...

?

AH, TATSÄCHLICH!

DAS PASSIERT MIR IMMER, WENN ICH NICHT AUFPASSE!

ICH HAB MEINE WUNDE MIT **KLEBEBAND** ZUGEKLEBT ...

... DAS BRINGT IMMER MEINE HAARE DURCHEINANDER!

KLE...?!

ICH HABE IHR STATTDESSEN EINEN VERBAND ANGELEGT.

DAS IST JA SUPER-PRAKTISCH!

...

WAH! TOLL!

KLEIDUNG

DAMIT BIST DU SCHON GLÜCKLICH? ICH HAB AUCH WAS ZUM ÜBERZIEHEN GEKAUFT!

WAH!! ETWAS KURZÄRMLIGES HAB ICH MIR IMMER GEWÜNSCHT!!

JA, DAS REICHT MIR!

EIN SCHNEEWEISSES T-SHIRT!!!

DER JUNGE HAT IRGENDWELCHE KLEIDUNG FÜR MICH EINGEKAUFT.

YAY!

KAUM ZU GLAUBEN, DASS DIESER MENSCH EBEN NOCH STERBEN WOLLTE.

ABER DAS HAB ICH ERWARTET.

WIE MACHEN WIR ES MIT DER UNTERWÄSCHE? SIE BRAUCHT JA DAMENUNTERWÄSCHE (NOCH DAZU WELCHE FÜR EINE MITTELSCHÜLERIN)...

DA FÄLLT MIR EIN...

WOW! EIN COMPUTER!

WOHER SOLL ICH DAS WISSEN?

„KLICKEN"? WO?

NIMM EINFACH DIE GRÖSSTE GRÖSSE ODER SO...

HIER STEHT „GRÖSSE"... WAS MUSS ICH DA WÄHLEN?

SUCH DIR WAS AUS, UND WENN DU HIER KLICKST, HAST DU'S IM WARENKORB.

PC

DAS WOLLTE ER DOCH LIEBER NICHT ENTSCHEIDEN...

ENDE

■■■ Special Thanks ■■■

VIELEN DANK FÜRS LESEN DES VIERTEN BANDES VON „COLOR OF HAPPINESS"!
DIESMAL HAT DER BAND MEHR SEITEN ALS SONST. HABT IHR'S GEMERKT?
(DA ZU ALLEM ÜBERFLUSS MEIN ABGABETERMIN SEHR KNAPP WAR,
MUSSTE ICH DIE NEUJAHRSFEIERLICHKEITEN AUSFALLEN LASSEN.)
LEIDER GAB ES AUCH IN DER ONLINE-VERSION KEIN UPDATE,
ABER ICH WAR EINFACH WAHNSINNIG BESCHÄFTIGT. TUT MIR LEID!

DIESMAL WAR DER JUNGE GANZ EHRLICH ZU SACHI, UND DADURCH HAT SICH IHR
VERHÄLTNIS GEÄNDERT. DER SCHLUSS HAT EUCH SICHER NEUGIERIG GEMACHT, WIE
ES WEITERGEHT. ICH DENKE, IHR KÖNNT EUCH SCHON MAL AUF DEN NÄCHSTEN
BAND FREUEN! (ICH KANN ES AUCH KAUM ABWARTEN, BIS DER NÄCHSTE BAND IN DIE
LÄDEN KOMMT UND IHR IHN LESEN KÖNNT.) WENN ICH NUR EIN BISSCHEN ÜBER DEN
NÄCHSTEN BAND ERZÄHLEN DARF, DANN ZUMINDEST SO VIEL: ES KOMMT ZU EINER
WENDE! (ICH HOFFE, ICH HABE NICHT ZU VIEL VERRATEN…?)

ICH HÄTTE JA NOCH EINIGE GEDANKEN UND KOMMENTARE ZU DIESEM BAND
ZU ÄUSSERN, ABER DA DAS ZIEMLICH ERNST UND AUCH LANG WERDEN UND
MÖGLICHERWEISE SPOILER BEINHALTEN WÜRDE, VERZICHTE ICH LIEBER DARAUF.
(IRGENDWANN MÖCHTE ICH DAS ABER NACHHOLEN.)

ACH JA, NUN IST ES BESCHLOSSENE SACHE: ES WIRD EINE REALFILM-VERSION GEBEN!!
ICH BIN GANZ AUS DEM HÄUSCHEN UND TOTAL DANKBAR, DASS EIN MANGA VON
MIR VERFILMT WIRD! AUCH DAS VERDANKE ICH DER UNTERSTÜTZUNG VON
EUCH LESERN! GENAUERE INFOS DAZU VERÖFFENTLICHE ICH BEI
GELEGENHEIT AUF TWITTER UND PIXIV.

AUSSERDEM FREUE ICH MICH,
DASS JETZT IMMER MEHR MERCHANDISING ERHÄLTLICH IST.

ICH BEMÜHE MICH SEHR DARUM, DASS IHR DIESE SERIE
AUCH IN ZUKUNFT GERNE LEST! ICH WÜRDE MICH
FREUEN, WENN IHR WEITERHIN SACHI, DEN JUNGEN UND
IHR NUN VERÄNDERTES „GLÜCK" UNTERSTÜTZT.

HAKURI

T h a n k s

ASSISTENTEN: RIKU NATSUME-SAMA, SACHIE MATSUMOTO-SAMA, MIZUKI-SAMA

VERANTWORTLICHER REDAKTEUR: I-SAMA

BEKOMMEN
DIE BEIDEN...

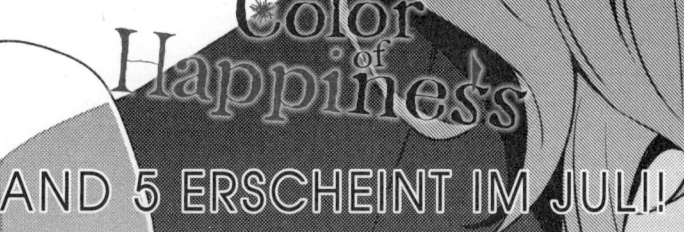

... NUN BESUCH?!

WIRD IHR GLÜCK ZERSTÖRT, ODER KOMMT ALLES GANZ ANDERS?

Color of Happiness

BAND 5 ERSCHEINT IM JULI!

EGMONT

www.egmont-manga.de
facebook.com/EgmontManga
instagram.com/EgmontManga
twitter.com/EgmontManga

Aki Eda

BONNOUJI – DIE VERDICHTUNG DER LIEBE AUF ENGSTEM RAUM

Slice of Life

Oyamada bekommt von seinem Bruder regelmäßig allerlei kuriosen Krempel zugeschickt, der mittlerweile die gesamte Wohnung des liebenswerten Einzelgängers ziert. Als Nachbarin Ozawa eines Abends betrunken in Oyamadas vollgestopfter Bude aufschlägt, ist sie fasziniert von all den Dingen, die es dort zu entdecken gibt. Die beiden treffen sich immer häufiger, packen unzählige Pakete aus und bauen sich aus all dem Krimskrams gemeinsam ihre eigene kleine Welt.

Bonnouji
Die Verdichtung der Liebe auf engstem Raum
Band 1 ISBN 978-3-7704-2712-3
€ 7,50 [D]

www.egmont-manga.de

MANGA
漫画

EGMONT

EGMONT

www.egmont-manga.de
facebook.com/EgmontManga
instagram.com/EgmontManga
twitter.com/EgmontManga

Slice of Life

Kazune Kawahara | Aiji Yamakawa
DAS GEHEIMNIS DER FREUNDSCHAFT

„Mit mir zusammen zu sein heißt, mit Eiko zusammen zu sein…"

Diese Bedingung stellt die hübsche Moe jedes Mal, wenn sie um ein Date gebeten wird. Denn viel lieber verbringt sie ihre Zeit mit ihrer besten Freundin Eiko, als mit irgendeinem Typen. Normalerweise wirkt Moes Ansage direkt abschreckend, doch ihr Mitschüler Tsuchida geht darauf ein!

Das Geheimnis der Freundschaft
Einzelband ISBN 978-3-7704-2603-4
€ 12,00 [D]

MANGA 漫画

www.egmont-manga.de

EGMONT

EGMONT

www.egmont-manga.de
facebook.com/EgmontManga
instagram.com/EgmontManga
twitter.com/EgmontManga

Keiko Iwashita
LIVING WITH MATSUNAGA

Die 17-jährige Miko muss von ihrer Mutter weg in die Hausgemeinschaft ihres Onkels ziehen. Die fünf ungewöhnlichen Mitbewohner bringen ihr Leben ganz schön durcheinander! Besonders Matsunaga, der im Zimmer nebenan wohnt, ist ein bisschen zum Fürchten, aber irgendwie auch interessant …

Living with Matsunaga
Band 1 ISBN 978-3-7704-5798-4
€ 7,00 [D]

EGMONT

EGMONT

www.egmont-manga.de
facebook.com/EgmontManga
instagram.com/EgmontManga
twitter.com/EgmontManga

Romance

Shinichi Fukuda
MORE THAN A DOLL

Unterschiedlicher könnten die beiden nicht sein: Der schüchterne Gojo geht neben der Schule dem Schneidern nach und lebt sehr zurückgezogen. Marin hingegen ist quirlig, steht im Mittelpunkt und ist ein beliebtes Highschool-Girl. Jemand wie sie nimmt von einem Typen wie Gojo eigentlich keine Notiz. Eigentlich. Denn sie hat eine geheime Leidenschaft, für die er genau der Richtige ist.

More than a Doll
Band 1 978-3-7704-2862-5
€ 7,50 [D]

MANGA
漫画

EGMONT

EGMONT

Romance

Rie Aruga
PERFECT WORLD

Tsugumi trifft bei einem Geschäftsessen auf ihre erste große Liebe Itsuki. Doch nach dem ersten Herzklopfen kommt die Ernüchterung: Itsuki sitzt nach einem Unfall im Rollstuhl...

Perfect World
Band 1 ISBN 978-3-7704-2637-9
€ 7,00 [D]

MANGA
漫画

EGMONT

EGMONT

Miaki Sugaru | Shouichi Taguchi

ICH HABE MEIN LEBEN FÜR 10.000 YEN PRO JAHR VERKAUFT

Romance

Als Kind hat Kusunoki seiner Freundin Himeno versprochen, sie im Alter von 20 Jahren zu heiraten. Jetzt ist er 20, einsam und pleite. Als er von einer Firma hört, die die Lebenszeit ihrer Kunden aufkauft, nutzt er die Chance und verkauft sein ganzes restliches Leben – bis auf drei Monate. Für seine letzten Wochen wird ihm Miyagi als Wächterin an die Seite gestellt. Sie begleitet ihn bei seinem Versuch, die wenigen Menschen wiederzutreffen, die ihm je etwas bedeutet haben…

Die Manga-Adaption zum Roman

Ich habe mein Leben für 10.000 Yen pro Jahr verkauft

Band 1 ISBN 978-3-7704-2708-6
€ 7,00 [D]

www.egmont-manga.de

EGMONT

„Color of Happiness" von Hakuri
Aus dem Japanischen von Burkhard Höfler
Originaltitel: „SACHI IRO NO ONE ROOM" vol. 4
Mehr von HAKURI: twitter.com/89hakuri

Originalausgabe:
SACHI IRO NO ONE ROOM vol.4
© 2018 Hakuri / SQUARE ENIX CO., LTD.
First published in Japan in 2018 by SQARE ENIX CO., LTD.
German translation rights arranged with SQUARE ENIX CO., LTD.
and EGMONT VERLAGSGESELLSCHAFTEN mbH through Tuttle-Mori Agency, Inc.

Deutschsprachige Ausgabe:
2019 Egmont Manga
verlegt durch Egmont Verlagsgesellschaften mbH,
Ritterstrasse 26, 10969 Berlin

6. Auflage 2023
Verantwortlicher Redakteur: Marco Walz
Redaktion: Christian Schmidt
Gestaltung: Claudia V. Villhauer
Koordination: Manuela Rudolph
Printed in the EU
ISBN 978-3-7704-5714-4

www.egmont-manga.de
Unsere Bücher findest du im Buch- und Fachhandel und auf

EGMONT
📖 Shop

www.egmont-shop.de

Die Egmont Verlagsgesellschaften gehören als Teil der Egmont-Gruppe zur
Egmont Foundation – einer gemeinnützigen Stiftung, deren Ziel es ist, die sozialen,
kulturellen und gesundheitlichen Lebensumstände von Kindern und Jugendlichen zu
verbessern. Weitere ausführliche Informationen zur Egmont Foundation unter
www.egmont.com

SUTOPPU!

Koko wa kono manga no owari dayo.
Hantaigawa kara yomihajimete ne!
Dewa omatase shimashita!
Tanoshii hitotoki wo dozo!

Egmont-Manga-Chiimu

STOPP!

Das ist der Schluss des Mangas.
Fangt bitte am anderen Ende an!
Und nun genug der Vorrede,
viel Spaß beim Lesen!

Euer Egmont-Manga-Team